梅村北仙句集

想い出のカルテ

東奥日報社

目次

カルテのつぶやき（家　族）

六〇句

妻よ子よ父はいつでも橋になる

子の寝顔囲んでパントマイムする

塩壺の温みに満ちている夫婦

産声に揺れるわが家の小宇宙

父の掌にどんどん溶けていく夕陽

和解して妻の小骨を抜いてやる

亡母の絵にまだまだ遠い煮ころがし

子等の目の高さで躾け縫いをする

修羅場から出てくる父の歯は白い

父の城いつか歴史に飾られる

ほどほどの歩幅に慣れた父の靴

無言劇妻は何かを知っている

血の濃さに振り回される家風とや
お喋りな針と無口な針が住む
母の掌のなかに再起の旗がある

糸屑に埋もれてしまう子育て記

母独り生き抜く木綿糸を切る

勲章を吊るには細い僕の首

老眼で覗けばそこに母が居る

真人間になるまで父は麦を踏む

清貧の父に確かな道がある

貧しさを四捨五入する妻がいる

北風に晒した地図を子に遺す

孤立したラッパ吹くまいなぁ母さん

眼の隅で旗を振ってる妻よ子よ
ひとときの余白は私だけのもの
陽炎を捜し疲れた夫婦坂

子の画布に火の彩を描く親のエゴ
逃げ腰でまだ夢を追う父である
抜け道の無い一徹な父の地図

編み上げた夫婦の紐が擦り切れる
相性は悪いが仲の良い夫婦
躓きを黙って包む母がいる

言い負けて心豊かな父である
生きざまを盛る欠け皿に母がいる
戸籍簿を歩き疲れて　あゝ夫婦

子を許す浮き輪をひとつ置いてやる

母の掌でまるめる父の横車

妻の手を借りて歯車回り出す

鍋底へ夫婦で足を踏み入れる
妻でさえ夫の仮面に気付かない
子育てを終えて気楽な円を描く

夕暮れてちちの情けが見えてくる

半開きした眼で妻の愚痴を聞く

母の掌でぐんぐん育つ紙兜

子に遺す精一杯の帆掛け舟
妻と手を繋ぎ喜劇を演じ切る
一徹に淋しさもある父の背な

子に触れる葡萄一粒ずつの愛

子を庇うかたちに母の背が曲がる

しばらくは猫の仮面を付ける嫁

約束の孫の小指に縛られる

火の章は無かった妻と坂くだる

淋しがりやの父の喜劇を笑えない

遺伝子が右に曲がってちちに似る

塩壷に嫁の本音が隠される

父の背を洗うと燻し銀が出る

笑えない漫画の中で父が死す
自画像の鼻を描かないままで逝く
子に譲る川の深さを書いて置く

カルテのつぶやき（生　命）

六〇句

日溜まりのカルテに海が満ちてくる
やがて血の濃さに気が付く影法師
北を指す爪がしくしくしく病んでいる

雨垂れの雨になりたい修行僧
王様の胃にも目刺しの棘がある
いっぽんの髭をカルテに書き残す

残り火の値段を医者に訊いてみる
死ぬ時の話を海に嗤われる
よく見れば枯れ木小さな脈を打つ

ピストルのように構える聴診器
そっと散る花のいのちを振り返る
冬空にちちの落雷ばかり聴く

仏前に語り切れない悔いがある
終の日の余白に有難うと書く
洗面器満たして僕を確かめる

夕焼けにうろこ一枚剝がされる

道草をいっぱい喰っているカルテ

歯ぎしりをする八月の頭蓋骨

寝る前に明日の生命をふと思う
余生とは命を刻むものと知る
こころざし半ばの骨は炎え尽きぬ

逝った子のネガを瞼に貼りつける
ライターの火が燃え尽きた冬景色
振り向けば乾いた白い道ばかり

にんげんを拾う無駄骨かも知れぬ
謎を解く鍵は枢の中にある
雫いま哀しみの絵を掌に残す

虫喰いの地球ポロポロ剝げてくる
戻っては来ぬ少年の日のジンタ
火葬場の茶柱じっと動かない

秒針の乱れ見つめる癌告知

遺書ばかり見てる小心者になる

吹雪く日が続くカルテを裏返す

ヒロシマ忌　同じ痛みを持ち歩く

華麗なる殉死を想う蕎麦の花

ホスピスの灯から孤独な影が漏れ

遠花火　病む子へ窓を開け放つ

善人の鼻に麻酔が効いてくる

訃報あり空一面にデスマスク

くっきりとカルテに浮いている虚像

死に神がうっかり遺書の封を切る

夕焼けを追って戻らぬブーメラン

水子地蔵の供物に涙跡がある

戒名のよそよそしさよ酒に酔う

終点を捜し疲れたかたつむり

散り際の花の優しさには勝てぬ
ポケットの底に夕焼け空がある
死を選ぶ理屈だらけの遺書をかく

号砲一発ザックザックと戦死する

臍の緒のえにしで仕方なく生きる

医の倫理霧に隠れたまま消える

枯れ野まで出てゆく顔を寝押しする

わが懺悔きっと木霊は知っている

柩までピエロのままで旅もする

昭和史の底で消耗品になる
追伸に乾いた涙跡がある
脳天にでんでん虫の遺書がある

指切りは果たせなかった遠花火

生きる音みな閉じ込めて雪積もる

風に乗るカルテ一枚　いのちとや

カルテのつぶやき（人生Ⅰ）

六〇句

地図にない橋は渡らぬことにする

野心まだ履歴書に積む白髪首

しがらみは善人の胃に沁みてくる

濡れ衣を着るのは矢張り影である
生涯を水の流れと言い切れぬ
上席で傷つけ合っているピエロ

蟻塚のような派閥に誘われる
肩書きが無いから雑魚は助け合う
北側にこぼれた種の意地を見よ

マニュアルの中でにんげん見失う
踏まれても石には石の自尊心
一生涯兵士で重い荷をかつぐ

葱を切る人生なんてそんなもの

弾丸除けの父は適役かも知れぬ

逆転無罪　鬼が秋刀魚を焼いている

失言へどんどん伸びる爪を視る

悪人は一人も居ないウサギ小屋

補聴器をはずし反対派へ走る

五月雨に打たれポツンと離職する

大胆な発想を盛る白い皿

人を撃つ話が好きな影法師

生き恥を洗いきれない洗面器

にんげんは好きだが傘は閉じておく

虹を盛る皿を夫婦で購いに出る

火を抱いた男ゆっくり縄を綯う

わが過去と同じ懺悔に目を伏せる

散り際の花乱れたし狂いたし

どの窓もドラマが回り灯がともる

つっかえ棒はずすと逃げる案山子です

絞り出す一滴ずつの暮らし向き

進まんとすれば派閥の矢が刺さる
神の眼に触れない僕の絵馬がある
建前はもう聞き飽きたにぎりめし

俎に載った男の罪と罰
蜜を吸う蜂に想わぬ罠がある
不揃いの林檎も同じ芯を持つ

愚者は愚者なりに予想で生きている
内幕を知ればだんだん腹が立つ
弱者には冬のバスしか停まらない

主語だけが独りで歩く冬の道

八起き目の男の背なに野火走る

樹海蒼々　男の傘が開かない

しがらみを合わせ鏡へ置いてみる

剥製となって家紋を守り継ぐ

ポケットの余罪が消えるまで走る

足跡を消して余生は爪になる

花あかり　我が軸足が崩れたり

マルクスを読んで離婚を考える

恩返しするひたむきな蟻になる

唐辛子　わたしの罪を赦さない

前列で火の粉を浴びる愚者である

履歴書に隠し切れない紙魚がある
旧姓に戻って地図を書き替える
味方にはなれぬがせめて握手する

オアシスが砂漠で消えることがある
派閥から離れ小さな旗を振る
スクラムを組むと戦車の貌になる

すすめすすめ雑兵だけにラッパ吹く

善人という捨て石がひとつある

七転び八起きで骨を粉にする

カルテのつぶやき（人生Ⅱ）

六〇句

男には逃げ場所がない百の疵

ゴミ箱にうっかり僕を捨ててくる

二兎を追う一生だった悔いは無い

にんげんの縮図を蟻の列に見る

善人もすこし汚れた手を洗う

昭和一けた紙ヒコウキに似て生きる

一生に一度の風に乗れないか
欲捨てた花はこんなに美しい
助太刀に出かける太い棒になる

濁り絵を映すほかない水たまり
ほどけない紐を神様から貰う
骨の無い男に座る椅子が無い

遠雷や　辛口の酒ひとり酌む

ひと粒の麦が炎を噴く時もある

世去れ世去れと米粒が喋り出す

悩むほど大きくなっていく炎
夢色を溶くパレットが乾かない
身を庇う乱れ姿は許されよ

煩悩のほむらを閉じるコンパクト
窓際の椅子で夕陽を抱いている
向かい風どの信号も赤になる

正論がやがて小さな泡となる
不揃いの歯で世の中を丸齧り
魂を売った男に影が無い

泥沼に落とした顔は浮かばない
躓いた石を拾って温める
手枕で僕の世界に浸り切る

蓋少しずらして夢を待っている
せかせかと小男が去る曲がり角
挑まれた軍鶏は刃物の貌になる

糸切れてこうも素直な凧になる

青春の裏に歯ぎしりだってある

戦列を離れて風に逆らわぬ

靴底にある虹の絵に気付かない
追い抜いた寂しさがあり箸を置く
トスばかり上げる気弱な鬼である

虎の瞳に蟻の怒りが映らない
ナツメロがほろりほろりとちちの髭
走り疲れた男の背なが焦げ臭い

城を出ていつか討たれる愚者である

騙されてみたい気がする誘蛾灯

博学の髭も一本ずつ悩む

偏差値で区切れば風の子が消える
Ｂ面の男になって待つチャンス
語り部の川が底まで澄んでいる

傘開く罪の意識が乾くまで
根回しをするから黒い花が咲く
野心家の絵筆は乾くことがない

紳士協定　蓋はしっかり閉めて置く
枡目から一歩も出ない天の邪鬼
錆び釘がくの字になって世を拗ねる

世去れ世去れと哭いているのは蕎麦の花
酒癖は書かない僕の紳士録
躓いた石を生涯離さない

ジョーカーを握り明日の風を読む

色褪せてゆっくり回る父の独楽

野心みな捨てて暢気な河馬になる

一握の土が故郷を捨てさせぬ
逆境に強い背骨を誇りとす
ホチキスで止め此処までを過去とする

カルテのつぶやき（追　憶）

六〇句

美しい悪魔に触れてみたくなる

待つだけで終わるか母のまるい背な

泣き終えて女焼き芋買いに出る

林檎むく夫婦に温い夜がある

夢でした女ごころの足袋こはぜ

夕陽から今日の殺意が消えてゆく

君の掌の氷を解かす僕がいる
シャガールの絵がほのぼのと佳き日なり
風めくるページに僕の溺死体

男ひとり忘れるために蓋をする

八月の雲と戦後を語り合う

そこまでの愛であったか紙コップ

薄氷を踏む想い出はたんとある
本心はユダになれない鼻の汗
明日と謂う甘い呪文に酔っている

小綺麗な余白にいつも騙される
キノコ雲きょう神様を売りに出す
翔べるかも知れぬアヒルの白昼夢

錆び釘を抜くと素敵な午後になる

或る愛の終わりを告げる糸電話

人憎むひたすら紙鉄砲を折る

昭和史にぽっと浮かんだ握り飯
逆光線こんなに怖い人ばかり
輪の中でひとり反旗を振っている

切り捨てた笑い話が寒くなる

不幸かも知れぬ少女のイヤリング

真ごころに気付かず霧の中にいる

戦争の火種を高く購わされる
振り向けば僕の扇が閉じていた
ストレスをグラスの底に置いてくる

眼の奥に火の彩がある戦士たち
前列で弾丸除けになるお人好し
絵心はなくても夏の雲はいい

ラムネ飲む遠い記憶が回り出す

生年月日を忘れた蟻になっている

少年と少女の夢は陽炎か

美しい罠に一度は堕ちてみる

げんこつに馴らされている落ちこぼれ

童心が紙をはみ出すクレヨン画

味気なくメシを嚙んでる倦怠期
空焦がす絵を八月の樹に吊るす
女子寮の屋根に綺麗な星が降る

紫陽花の涙を知っている絵筆

ちちの樹のてっぺんで舞う愚者ひとり

水打って老舗の貌が揺るがない

顔いっぱい受ける裁きの雨続き
自惚れて放つ二の矢を嗤われる
風の駅ちちの貌して吹いてくる

ハイドまた夜の鏡を見て狂う

津軽三味北の涙を語り継ぐ

袋小路に戦後の忘れ物がある

ああ君も蝶に噛まれた疵がある
燃え尽きた愛かも知れぬ辻が花
ポケットにまだ溶け切れぬ石がある

此の人と訣別れる木綿糸を縫る
よく笑う男へ颪の果たし状
居酒屋でピエロが独り酔っている

人間が小さく見える秋の街
振り向けばホームシックな鳩ばかり
モノクロの戦後が亡父の胸にある

カルテのつぶやき（未　来）

六〇句

花屋には花が溢れて都市砂漠

氷山の下は知らないことにする

夢はまた夢で終わった除夜の鐘

濁り絵を映すほかない水たまり
異次元を歩いて飢えてばかりいる
掘り過ぎた穴に騙されまいとする

草に寝てひたすら海に憧れる

孤児が書く枡目に句読点が無い

風向きで変わる木の葉の住所録

ドライフラワーまだ情念の彩がある
砂時計サラサラ夢を埋め尽くす
マドンナが騒ぐと天の声になる

果たし状がとてもソフトに書いてある
五円貨の穴から見えてくる尻尾
一歩ずつ進むと武装したくなる

和解してこんなに深い空になる

予告編まだ書いている余生です

鉛筆の芯よ老後が擦り切れる

てんてまり行方の知らぬ影あそび
種明かしすると陳腐な画布である
寝転んで空に描いた太閤記

騙し絵の街で夢売り待っている
いつの日かドミノ倒しになる運命
少年の髭に理屈が秘めてある

木漏れ日を集めて老いの幸とする
土下座した尻尾が上を向いている
カゴメカゴメ吹雪の中で輪になろう

自分史の挽歌と想うカタツムリ
挑まれて竹のしなりになってやる
裁いても公約数に追いつけぬ

臆病で白い絵の具を混ぜたがる
歳時記の狂う日もある酸性雨
棘抜いてきれいな丸が描けてくる

何色に染めても余生知れたもの
つつましく燃えて業火に包まれる
色付きの眼鏡が好きな自衛論

明日がある石の卵を抱いて寝る
底辺の風は政治を恨みます
大き目の堪忍袋持っている

季は移る私ひとりを置き去りに
北窓の空いちめんに春を描く
深海魚浮上せぬまま老化する

主義ひとつ背負い津軽の村を出る

パンの話はあしたにしよう花吹雪

運勢の逆風だけが強くなる

夢を買うカードが首を締めにくる
子が描いたいびつな馬が歩き出す
ライバルが消えて張り子の虎になる

国籍をまだ決めてない渡り鳥

耳貸したばかりに罪を着せられる

街は雨男の挽歌ばかり聴く

村を出る次郎に数え唄がある

助走路のところどころにある汚点

合鍵は火薬の匂いそして幻想

陽炎の坂どこまでも上り坂
どうしても虹に届かぬ夫婦松
考える石は流れに逆らわず

ひたむきな紐を遺産として残す
空想はラムネの瓶に詰めて置く
にぎりめしどの子も光る明日がある

あとがき

本句集のタイトルを「想い出のカルテ」とした。平成十一年に初めて出版された句集「日溜まりのカルテ」は、北仙氏から嬉しくも編集依頼をされた経緯がある。

題字は奥様の登喜恵さんが揮毫した御夫婦での集大成ともいえる句集だった。柳友諸氏からも待ち望まれた、目を見張るほどの力量ある創作句が集録されたものである。

弘前川柳社とは別に北仙氏が平成六年に創設した初心者教室「蒼の会」の句会報も、平成十八年四月に終刊号となったのは無念であったろう。

医師という職業を持つ身だからこそ、短詩型文芸（川柳）の十七音の中にも仁愛の心を沁み込ませることに執着したのだろうと、改めて感慨深くなる。聴診器から聞こえてくる喜怒哀楽を、柳人北仙流で見事に構築してきたことは県柳界の知るところである。

ご長男である芳文氏が医師として父から引き継いだモノは、偉大なる人生哲学である。その病院関係者の中にも、北仙ファンが多いと聞いている。

千島　鉄男

平成二十七年八月

略年譜

梅村北仙（うめむら　ほくせん）

一九二八年二月三日生まれ。本名梅村芳宏。一九七二年、弘前川柳社入門。一九七七年、青森県川柳社同人。一九八二年、青森県川柳社常任理事。一九九四年、初心者教室「蒼の会」創設、代表幹事となる。句集「日溜まりのカルテ」（一九九九年八月五日発行）。

二〇〇六年八月十三日永眠。

東奥文芸叢書　川柳24

梅村北仙句集　想い出のカルテ

発行　二〇一五（平成二十七）年十二月十日
著者　梅村北仙
発行者　塩越隆雄
発行所　株式会社　東奥日報社
〒030-0180　青森市第二問屋町3丁目1番89号
電話　017―739―1539（出版部）
印刷所　東奥印刷株式会社

ISBN－978－4－88561－220－6　C0092　￥1200E

東奥日報創刊125周年記念企画

東奥文芸叢書　川柳

高田寄生木　千島　鉄男
岡本かくら　岩崎眞里子
渋谷　伯龍　髙瀬　霜石
野沢　省悟　工藤　青夏
む　さ　し　千田　和美
斉藤　劦　須郷　井蛙
佐藤　古拙　角田　古錐
笹田かなえ　福井　陽雪
滋野　さち　鳴海　賢治
斎藤あまね　内山　孤遊
杉野　草兵　小林不浪人
後藤蝶五郎　梅村　北仙
豊巻つくし　吉田　州花
沼山　久乃　佐藤とも子
熊谷　冬鼓　沢田百合子
（既刊は太字）

東奥文芸叢書刊行にあたって

青森県の短詩型文芸界は寺山修司、増田手古奈、成田千空をはじめ日本文学界をリードする数多くの優れた文人を輩出してきた。その流れを汲んで現代においても俳句の加藤憲曠、短歌の梅内美華子、福井緑、川柳の高田寄生木など全国レベルの作家が活躍し、その後を追うように、新進気鋭の作家が次々と現れている。

1888年（明治21年）に創刊した東奥日報社が125年の歴史の中で醸成してきた文化の土壌は、「サンデー東奥」（1929年刊）、「月刊東奥」（1939年刊）への投稿、寄稿、連載、続いて戦後まもなく開始した短歌・俳句・川柳の大会開催や「東奥歌壇」、「東奥俳壇」、「東奥柳壇」などを通じて、本州最北端という独特の風土を色濃くまとった個性豊かな文化を花開かせてきた。

二十一世紀に入り、社会情勢は大きく変貌した。景気低迷が長期化し、核家族化、高齢化がすすみ、さらには未曾有の災害を体験し、その復興も遅々として進まない状況にある。このように厳しい時代にあってこそ、人々が笑顔と元気を取り戻し、地域が再び蘇るためには「文化」の力が大きく寄与することは間違いない。

東奥日報社は、このたび創刊125周年事業として、青森県短詩型文芸の優れた作品を県内外に紹介し、文化遺産として後世に伝えるために、「東奥文芸叢書（短歌、俳句、川柳各30冊・全90冊）」を刊行することにした。「文化」の力は地域を豊かにし、世界へ通ずる。本県文芸のいっそうの興隆を願ってやまない。

平成二十六年一月

東奥日報社代表取締役社長　塩越　隆雄